LE CHAT MUSICIEN

L'ALOUETTE DU MATIN

Paroles et musique JOSEPH BEAULIEU • Interprète MARA TREMBLAY

Quand l'aurore
Colore le ciel du matin
De la plaine sereine
S'élève un gai refrain
L'alouette coquette

S'élance du nid
Et s'envole frivole
Vers l'azur infini
Sur la route j'écoute
La voix d'un oiseau
Vocalises exquises

Qui me viennent d'en haut
L'alouette répète
Son hymne au soleil
Son ramage rend hommage
À la nature en éveil

LE BAL DES OISEAUX

Paroles et musique JOSEPH BEAULIEU • Interprète JORANE

C'est l'été dans les bois
Les oiseaux chantent
Leur refrain
Écoutez ces voix
Qui nous enchantent le matin
C'est le bal des oiseaux
Merle, fauvette, gai pinson,
Cardinal, gris moineau et l'alouette
Tous en rond

Dans le bocage
Que de chanteurs
Que de plumages
Et de couleurs
Sous le vieux chêne
Chante le chœur
La valse entraîne tous les danseurs
C'est le bal des oiseaux
Merle, fauvette, gai pinson,
Cardinal, gris moineau et l'alouette
Tous en rond

Pour la gavotte,
Monsieur Serin
Dit à Linotte
«Donne ta main»
Puis vient ensuite le menuet
Fauvette invite le roitelet

Bergeronnette en petits sauts
Fait des courbettes au loriot
Dame Corneille en noir jupon
Danse à merveille le rigodon

C'est la nuit qui s'étend
Chacun s'envole vers son nid
Ce doux bruit qu'on entend
C'est un frivole gazouillis

LE CHAT MUSICIEN

Paroles et musique JOSEPH BEAULIEU • Interprète ENZO ENZO

Légèrement sur le clavier
Le chat qui se promène
Répète un air très singulier
Que l'on distingue à peine

Minet ne sait ni do ni ré
Ni ronde blanche ou noire
Mais comme il aime à promener
Ses pattes sur l'ivoire

Il sonne do, puis saute au la
Bémol ou bien dièse
Et dans l'arpège notre chat
Se montre fort à l'aise

Ce chat vraiment musicien
Il aime la musique
Vous dites qu'il n'apprendra rien
Pourtant Minet pratique
Minet aime la musique

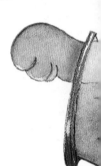

LA GRÈVE DES POULES

Paroles et musique JOSEPH BEAULIEU • Interprète YANN PERREAU

Dans la grange de paille
Se rassemble la volaille
De la grève il est question
Chacun rend son opinion
De la grève il est question
Chacun rend son opinion

Poule blanche est présidente
Elle se dit très mécontente :
«Le fermier ménage le grain
Nous allons crever de faim»

Poule brune, philosophe
Dit : «Quelle cat-cat-cat-cat-catastrophe
Va falloir montrer les dents
Au fermier trop exigeant»
«Va falloir montrer les dents
Au fermier trop exigeant»

«Il faut bien, dit la poule grise,
Qu'on se cot-cot-cot-cot-cot-cotise
C'est vraiment le seul moyen
De nous procurer du grain»
«C'est vraiment le seul moyen
De nous procurer du grain»

«Qu'on se cot-cot-cot-cot-cot-cotise,
Dit la noire, c'est notre devise
C'est bien cout-cout-cout-cout-cout-coûteux
Mais vendons plus cher nos œufs»

«Sommes-nous, dit la couveuse,
Des quet-quet-quet-quet-quet-quet, quêteuses?
Faut toujours tendre la main
Pour avoir si peu de grain.»
«Faut toujours tendre la main
Pour avoir si peu de grain.»

«Vous avez raison commère
Le fermier est trop prospère
C'est un glou-glou-glou-glouton,
Dit compère le dindon»
«C'est un glou-glou-glou-glouton,
Dit compère le dindon»

Dans le plus fort de la chicane
Le canard dit à sa cane :
«Pour ne pas être témoins
Restons dans notre coin, coin, coin»
«Pour ne pas être témoins
Restons dans notre coin, coin, coin»

«Ah, mais non!, reprend la cane
Je ne suis qu'une paysanne
Mais coi-coi-coi-coi-coi-quoi qu'on ait dit
Moi, je ponds des œufs aussi»
«Mais coi-coi-coi-coi-coi-quoi qu'on ait dit
Moi, je ponds des œufs aussi»

LES PETITS POULETS BLANCS

Paroles et musique JEAN-PAUL RIOPELLE • Interprète MARIE-JO THÉRIO

Ils s'en vont gaiement
Les petits poulets blancs
Sur les herbes folles
Le long du chemin
Ils vont batifolant
Dans le clair matin
Ils sont turbulents
Les petits poulets blancs
Car leur maman jette
Sur le sol mouvant
Pour qu'ils becquètent
Un grain de froment
Ils sont mignons
Quand ils jouent dans les prés
Ou lorsqu'au pied des saules
Gentiment sont penchés
Leurs yeux qui nous enjôlent
Ont des reflets moirés
Les petits poulets blancs
Sont exquis et ravissants

Ils s'en vont gaiement
Les petits poulets blancs
D'un pas militaire
Le long du chemin
Ils ont tant à faire
Sous les romarins
Ils sont turbulents
Les petits poulets blancs
Car leur maman jette
Sur le sol mouvant
Pour qu'ils becquètent
Un grain de froment

Et le jour qui s'écoule
A pour eux tant d'attraits
Qu'autour de maman-poule
Ils courent sans arrêt
Le ventre plein, en boule,
Ils fouillent les guérets
Les petits poulets blancs
Sont exquis et ravissants

Ils vont lentement
Les petits poulets blancs
L'allure moins fière
Le long du chemin
Déjà la lumière
Disparaît au loin
Ils sont titubants
Les petits poulets blancs
Et leur maman guette
Leurs pas chancelants
Le juchoir-couchette
Là-bas les attend

LE CIRQUE

Paroles et musique JOSEPH BEAULIEU • Interprète ARNAUD MÉTHIVIER

Le cirque et ses merveilles
Attire les enfants
Les vieillards et les vieilles
Les filles et leurs gallants
Dans cette arène immense
La foule bat des mains
Le défilé commence
Conduit par Arlequin

C'est le défilé des bêtes
La fanfare marche en tête
La grosse caisse et les tambours
Se répondent tour à tour
Les cymbales se frappant
Font entendre un son vibrant
Les trombones, les trompettes
Contrebasses, clarinettes
Tous ensemble avec entrain
Lancent leur joyeux refrain

Le singe fait des siennes
Pour amuser les gens
Plus il fait des fredaines
Plus il a l'air content
Sous l'épais maquillage
Grimacent les bouffons
Aux dames du village
Il font de belles façons

Le tigre dans sa cage
Ne semble pas très doux
Le lion fait du tapage
Il a une vilaine toux
Le crocodile en larmes
Voudrait sa liberté
Pour croquer le gendarme
Qui marche à ses côtés

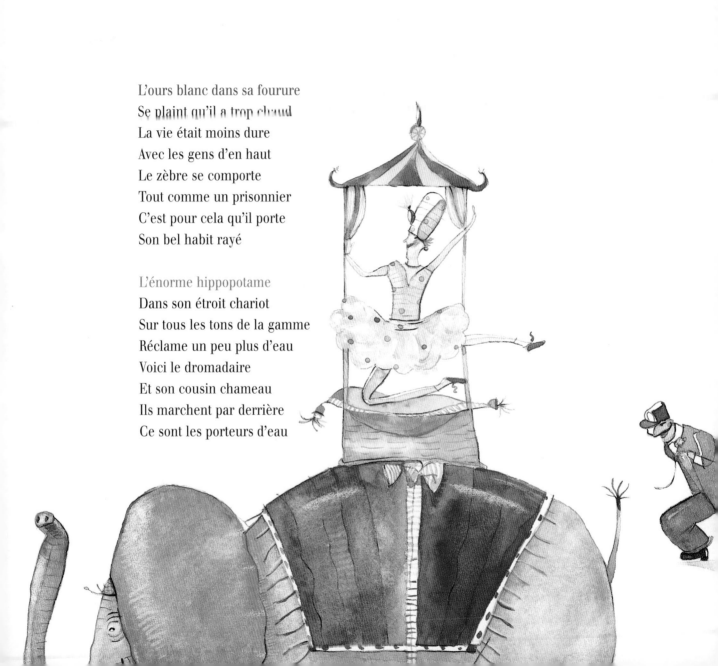

L'ours blanc dans sa fourure
Se plaint qu'il a trop chaud
La vie était moins dure
Avec les gens d'en haut
Le zèbre se comporte
Tout comme un prisonnier
C'est pour cela qu'il porte
Son bel habit rayé

L'énorme hippopotame
Dans son étroit chariot
Sur tous les tons de la gamme
Réclame un peu plus d'eau
Voici le dromadaire
Et son cousin chameau
Ils marchent par derrière
Ce sont les porteurs d'eau

Madame la girafe
D'un air très distingué
Sourit au photographe
Sur un poteau perché
L'autruche se dandine
Et prend un air hautain
Montrant ses plumes fines
Et son esprit mondain

Au milieu des ces pompes
S'avance l'éléphant
Faut croire qu'il se trompe
Sa queue est par devant
Voyez, c'est fantastique
Il porte sur son dos
Un baldaquin antique
Avec mademoiselle Sappho

LE CARROUSEL

Paroles et musique JOSEPH BEAULIEU • Interprète LUC DE LAROCHELLIÈRE

Pour les enfants, c'est fête
Fillettes et garçons
Voyez ces blondes têtes
Sous le gai pavillon
Voilà la musique
Lance un vibrant appel
Et qu'une main magique
Tourne le carrousel

Et les petits chevaux
Qui tournent, tournent, tournent
Sur leur selle de velours
Emportent les enfants
Qui tournent, tournent, tournent
Qui voudraient tourner toujours
Au son de la musique
Les chevaux mécaniques
Balancent leurs sabots légers
Les joyeux cavaliers
Qui tournent, tournent, tournent
Tiennent la crinière d'or
De leurs petits chevaux
Qui tournent, tournent, tournent
Dans un ravissant décor

La cavalcade arrête
Puis d'autres cavaliers
Vont faire la conquête
Des noirs et blancs coursiers
Le carrousel se vide
Mais se remplit bientôt
Et les chevaux rapides
S'élancent au galop

Enfin, la cavalcade
A fait le dernier tour
On quitte l'esplanade
Car c'est la fin du jour
Ce soir, les blondes têtes
Dans vos petits lits clos
Rêvez tous de la fête
Rêvez de blancs chevaux
Les petits cavaliers
Qui dorment, dorment, dorment
Rêvent de tourner encore
Sur les petits chevaux
Qui tournent, qui s'endorment
Quand le cavalier s'endort

LE CONCERT DES GRENOUILLES

Paroles et musique JOSEPH BEAULIEU • Interprète JEANNE CHERHAL

Dans les quenouilles
Au bord de l'étang
Madame Grenouille
Pour passer le temps
Se met à chanter
Par un soir d'été
Se met à chanter
Par un soir d'été

Dans les quenouilles
Au bord de l'étang
Une autre grenouille
Les pattes dans l'eau
Se met à chanter
Pour l'accompagner
Se met à chanter
Pour l'accompagner

Dans les quenouilles
Au bord du marais
Une autre grenouille
Bientôt apparaît
En bel habit vert
Se joint au concert
En bel habit vert
Se joint au concert

D'autres grenouilles
Des milliers, je crois
Au pied des quenouilles
Élèvent la voix
Et le ouaouaron
Grogne et leur répond
Et le ouaouaron
Grogne et leur répond

LA POULE AUX OEUFS D'OR

Paroles et musique JOSEPH BÉAULIEU • Interprète LUC DE LAROCHELLIÈRE

Il y avait une poulette
Il y a de cela longtemps
Elle pondait à la cachette
Pour endormir les enfants

Ah vraiment c'était merveille
Jamais de poule pareille
Elle pondait un petit coco
Pour bébé qui fait son dodo

Il y avait la poule noire
Dont vous connaissez l'histoire
Elle pondait dans la baignoire
Dans l'armoire, au réfectoire

On trouvait partout ses oeufs
Ah vraiment c'était merveilleux
On trouvait partout ses oeufs
Ah vraiment c'était merveilleux

Il y avait la poule blanche
Qui pondait tous les dimanches
Dans les branches, les pervenches
Sur les planches, dans les manches

Il y avait la poule grise
Qui pondait fort à sa guise
Dans l'église, les cerises
La remise et les merises

Et je crois la plus commune
C'était bien la poule brune
Qui pondait, oui, dans la lune
Dans les prunes, sur la dune

LA LUCIOLE

Paroles et musique JOSEPH BEAULIEU • Interprète JORANE

Dis-moi comment tu fais ton feu
Petite luciole
Dis-moi je veux savoir un peu
De ton secret
Oh, je serai discret
Petite luciole
Qui vole, qui vole

Petite fée au vol léger
Petite luciole
Dans le jardin, dans le verger
Je suis des yeux
Ton vol mystérieux
Petite luciole qui vole

À la lueur de ton falot
Petite luciole
S'éclairent les petits oiseaux
Pendant la nuit
Pour retrouver leur nid
Petite luciole qui vole

Oh, je ne veux pas de mal
Petite luciole
Si je te garde en ce bocal
Ton feu mignon
Est comme un lampion
Petite luciole qui vole

Et lorsqu'arrive le matin
Petite luciole
Ton feu pâlit, puis il s'éteint
Est-ce bien vrai
Que le jour te déplaît?
Petite luciole qui vole

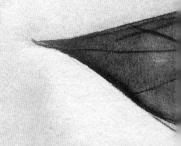

MON CHEVAL DE BOIS

Paroles et musique JOSEPH BEAULIEU • Interprète ÉMILIE-RACHEL STRINGER

Un, deux, trois, mon cheval de bois
Longue crinière, queue par derrière
Quatre noirs sabots
Une selle au dos
Un, deux, trois, mon cheval de bois

LE VIEUX PONT

Paroles et musique JOSEPH BEAULIEU • Interprète YANN PERREAU

Il est un vieux pont chancelant
Que l'âge a garni de sa mousse
Et chaque bout va tremblotant
Se perdre là-bas dans la brousse
Ce pont délabré, tout bruni
Victime du temps qui ravage
Contemple, rêveur, sans souci
Sur l'eau, son reflet, son image

La truite au teint d'or vient rêver
Où l'ombre du pont se dessine
L'oiseau vient au bord s'abreuver
Sans crainte dans l'eau cristalline
Ô vieux souvenir enchanté
Toujours tu remplis ma mémoire
Te voir, c'est revoir le passé
C'est vivre les pages d'histoire

Vestige si cher du passé
Vieillard dans ce lieu solitaire
Tu règnes encore délaissé
Rempli de secrets, de mystères
Mais l'eau sous ton gris tablier
Sans trève murmure et s'écoule
Les hommes vont donc t'oublier?
C'est vrai qu'ici-bas tout s'écroule

DORS, DORS, L'OISEAU DES BOIS

Paroles et musique JOSEPH BEAULIEU • Interprète MARA TREMBLAY

Dors, dors, enfant chéri
Dors, dors, bel ange tout petit
Les anges frôlent de leurs ailes
Ton berceau, ma tourterelle
Dors, dors, dans ton petit lit
Dors, dors, et rêve au paradis
Pour toi le firmament dévoile

Les splendeurs de ses étoiles
Sommeille encore, mon cher trésor
Ton front reflète le bonheur
Ta blonde tête, la candeur
Dors, dors, je veille sur toi
Dors, dors, l'oiseau des bois
Sommeille aussi sous l'aile douce
Dans son frêle nid de mousse

Dors, dors, la lune te sourit
Dors, dors, enfant que je benis
Bientôt luira sur ta paupière
Le matin et la lumière
Sommeille encore
Mon cher trésor

Réalisation PAUL CAMPAGNE • Direction artistique ROLAND STRINGER • Mixage DAVY GALLANT (Dogger Pond Studio) • Illustrations STÉPHANE JORISCH • Conception graphique HAUS DESIGN COMMUNICATIONS Mastering RENÉE MARC-AURÈLE (SNB) • Prise de son PAUL CAMPAGNE, DAVY GALLANT • Studios d'enregistrement STUDIO KING, DOGGER POND STUDIO, STUDIO DU DIVAN VERT, STUDIO IMF

Musiciens PAUL CAMPAGNE guitares acoustique et électrique, basse, batterie, contrebasse, claviers, piano, violons DAVY GALLANT guitares acoustique et électrique, batterie, percussions, trombone, dumbek, flûtes DAVE GOSSAGE flûtes (Le bal des oiseaux) • HÉLÈNE ARBOUR violon (Le chat musicien, La poule aux œufs d'or) • MARCO TESSIER piano (Le chat musicien) • GILLES TESSIER guitare électrique (La grève des poules) • MARA TREMBLAY mandoline, ukulélé, trombone, flûtes (L'alouette du matin) violons (Dors, dors, l'oiseau des bois) • YANN PERREAU harmonica (La grève des poules) • MARIE-JO THÉRIO piano, jouets (Les petits poulets blancs) • FRÉDÉRIC BOUDREAULT basse, flûte (Les petits poulets blancs) • BERNARD FALAISE guitare électrique (Les petits poulets blancs) • PIERRE TANGUAY batterie, jouets (Les petits poulets blancs) • ARNAUD MÉTHIVIER accordéon (Le cirque, Le carrousel)

Voix MICHELLE CAMPAGNE La grève des poules • GABRIEL CAMPAGNE La grève des poules, La luciole ALEKSI CAMPAGNE La grève des poules, La luciole

Remerciements MICHEL CUSSON, FRANÇOIS ASSELIN, MONA COCHINGYAN, ISABELLE DESAULNIERS, PATRICIA HUOT, VÉRONIQUE CROISILE, DOMINIQUE VILLA, CONNIE KALDOR, LOUIS LANDREVILLE, GINA BRAULT, DENIS WOLFF, SÉBASTIEN NASRA, JEAN-JACQUES DUGAS, BRUNO GÉRENTES, PHILIPPE LESOURD, NICOLE BOUCHARD, BRIGITTE MATTE, MYRIAM LETOURNEAU, SERGE BROUILLETTE, ISABELLE BROUILLETTE, YANN DERNAUCOURT, VIRGINIE AUSSIETRE, DANIEL LAFRANCE, LOUISE COURTEAU, MARC OUELLETTE, RICHARD SAMSON, THÉRÈSE ASSELIN

MARA TREMBLAY apparaît avec l'aimable autorisation des Disques Audiogram JORANE apparaît avec l'aimable autorisation des Disques Tacca et d'Avalanche Productions MARIE-JO THÉRIO apparaît avec l'aimable autorisation des Disques Audiogram et de GSI Musique ENZO ENZO apparaît avec l'aimable authorisation de BMG France JEANNE CHERHAL apparaît avec l'aimable autorisation des Disques Tôt ou Tard YANN PERREAU apparaît avec l'aimable autorisation de Foulespin Musique Inc. LUC DE LAROCHELLIÈRE apparaît avec l'aimable autorisation des Disques Victoire

Nous reconnaissons l'appui du Centre de recherche en civilisation canadienne-française à l'Université d'Ottawa qui conserve les archives de Joseph Beaulieu

www.lamontagnesecrete.com • Dépôt légal – octobre 2003 • Bibliothèque nationale du Québec • Bibliothèque nationale du Canada ISBN 2-923163-00-1 • Loi 49-956 du 16 juillet 1949 sur les publications destinées à la jeunesse • Tous droits réservés • Imprimé à Hong Kong, Chine par Book Art Inc. (Toronto).